Conan el bárbaro

Primera parte

Erika Sanders

Título
Conan el Bárbaro:
Primera Parte
Por
Erika Sanders

Serie
Conan el bárbaro Vol. 1 al 4

Sinopsis

Conozca a las mujeres en la vida de Conan como nunca antes le habían contado...

Después de las nuevas aventuras y los nuevos triunfos, Conan y su grupo regresan a la ciudad donde es ahora su hogar, Tarantia.

El regreso ¿hará que echen de menos las aventuras? o ¿será mejor de lo esperado?

Esta publicación contiene los volúmenes del 1 al 4:
1 - Conan
2 - Zula
3 - Cassandra
4 - Valeria

Nueva serie basada en las obras de Robert E. Howard.

Nota sobre la autora:

Erika Sanders es una conocida escritora a nivel internacional que firma sus escritos más eróticos, alejados de su prosa habitual, con su nombre de soltera.

Índice:

CONAN EL BÁRBARO
PRIMERA PARTE
POR
ERIKA SANDERS

CAPÍTULO I
CONAN

13

El sol brillaba sobre la ciudad de Tarantia cuando el pequeño grupo redondeaba la cima de la colina.

Las torres blancas, las cúpulas de cobre y los minaretes brillaban a la luz del sol, dándoles la bienvenida después de su largo viaje.

Las últimas semanas habían sido emocionantes, peligrosas, ya que habían explorado catacumbas perdidas en busca de un tesoro, defendiéndose de monstruos y espíritus malignos para obtener su premio.

De hecho, que eran las monedas que ahora cargaban sus mochilas.

Conan miró a sus colegas, compañeros acérrimos en las batallas que habían enfrentado, y muchas más anteriormente.

Lady Yasimina era la líder del grupo, a pesar de sus orígenes extranjeros.

Nacida en la aristocracia en algún lugar del sur, más allá del río Estigio, no se parecía en nada a los nobles de Tarantia o sus ciudades vecinas.

Su cabello rubio hasta los hombros estaba libre al aire, ya que se había quitado su casco, y sus labios pálidos formaron una sonrisa al ver la ciudad por delante.

Podría ser una extranjera, pero Tarantia se había convertido en un hogar para ella también en los últimos años.

Con el polvo del viaje y el calor de las batallas pasadas, solo su porte real ahora marcaba su ascendencia noble, pero una vez que ya habían regresado, no cabía duda de que ella podría volver a moverse entre la nobleza sin problemas por su conocimiento de la etiqueta requerida, lo que hace ideal alguien ideal como portavoz del grupo.

Mucho más que un bárbaro como Conan.

En contraste con Lady Yasimina que era musculosa y estaba fuertemente blindada, al lado de Conan estaba Valeria, era una hechicera elfa, armada solo con una daga metida en su cinturón.

Ella llevaba ropa de viaje ahora, por supuesto, pero para mañana, él estaba seguro de que estaría vestida con ricas ropas que complementaban su belleza.

Tan pálida y rubia como Yasimina, su cabello era largo, actualmente atado en una larga cola de caballo para revelar los puntos altos de sus orejas.

Había vivido entre los bosques de las islas del sur durante gran parte de su vida, lo que tal vez explicara su expresión extraña a medida que se acercaba la ciudad.

Pero parecía, pensó Conan, tranquila y relajada.

Quizás para ella, como un elfo, esto fue solo el final de otro viaje, una pausa entre viajes, en lugar de un verdadero regreso a casa.

Zula, la tercera de las mujeres, parecía la más feliz.

La pequeña duende se sentó hacia delante en la silla de montar del pony, con los ojos fijos en la ciudad por delante.

Ya se había esforzado por arreglarse antes de la llegada, quitándose el polvo de la ropa, e incluso ahora, enderezó su túnica rojiza y se pasó una mano por el corto cabello castaño.

Parecía estar anticipando el regreso a casa más que los demás, y Conan pensó que a menudo esto parecía ser así.

Sabía que los duendes eran amantes de la familia y el hogar, y aunque Zula no tenía parientes vivos que él conociera, tal vez, para ella, este era su hogar, el lugar donde se sentía más cómoda.

Ciertamente, ella era una nativa de la ciudad, como él.

Como de costumbre, Snagg era el más difícil de leer.

El enano era taciturno, como todos sus parientes, y su rostro no mostraba ninguna emoción ahora.

Su armadura era pesada y estaba maltratada, ya que se había llevado la peor parte en los combates de las últimas semanas, y se habría visto herido o peor, si no hubiera sido por la magia curativa de Yasimina.

Los ojos oscuros bajo las cejas espesas permanecían fijos en el camino por delante, ensimismado es cualesquiera que fueran los pensamientos que los enanos a menudo mantenían para sí mismos.

Conan se dio la vuelta y miró hacia Tarantia.

Ahora aquel era su hogar, donde había crecido y aprendido lo que ahora es, mucho antes de conocer a los demás.

No tenía ninguna duda de que estaba contento de volver.

En poco tiempo, él lo sabía, volverían a lanzarse en busca de aventuras, y él disfrutaba esos momentos.

Pero la ciudad tenía muchos placeres que le eran negados en el camino.

Era un lugar civilizado, un lugar parecido a un santuario.

En los próximos días, habrá muchas cosas que hacer.

Tenía que asistir a la Escuela de Guerreros y reencontrarse con sus amigos y compañeros y para continuar con su entrenamiento.

Y, además, hacer sus meditaciones en la capilla del templo, donde, allí mismo, oraba a la deidad más cercana a su corazón: Muriela, la diosa del amor.

Pero, sobre todo, tendría tiempo para relajarse, para disfrutar de los baños públicos, la buena comida y el vino, para charlar en los mercados y, si Muriela accedía, encontrar compañía para pasar la noche.

* * *

La villa se encontraba cerca del lado oeste de la ciudad, no muy lejos dentro de la muralla.

Era un edificio grande, primero comprado y luego renovado, con el dinero que se habían ganado al realizar aventuras.

Conan y Zula habían insistido en eso; vivían en posadas mientras estaban en fuera, pero querían un lugar al que volver, una base de operaciones que realmente pudieran llamar suya.

Le tomó un tiempo restaurar el edificio a su estado actual, ya que se encontraba bastante deteriorado cuando lo compraron.

Pero por el resultado bien valió la pena el tiempo y el gasto.

El edificio central tenía dos pisos de altura, con, como muchos otros en la ciudad, un techo ancho y plano donde podían reunirse en el verano.

A cada lado había dos alas, una de las cuales contenía los establos.

Y entre las alas había un amplio patio, amurallado del resto de la ciudad.

Para los aventureros, contar con al menos algún nivel de defensa era algo natural, aunque estuvieran a salvo como deberían estar en Tarantia.

Yakin cerró las puertas cuando el último de los caballos entró en el patio.

Era un hombre joven, competente en su trabajo como administrador, pero no era un aventurero.

Lo habían contratado hacía un año, dándose cuenta de que alguien tenía que mantener la casa mientras estaban lejos en el desierto.

"¿Lo han hecho bien?" preguntó: "Veo que ninguno de ustedes está herido, ¡gracias a los dioses!"

Conan sonrió, desmontó y dio una palmada al joven en la espalda.

"Sí, lo hemos hecho bien. Debemos llevar este tesoro a la bóveda y luego limpiarnos. Vamos a requerir solo un almuerzo ligero; demos tiempo para que traigan algunos suministros frescos".

Miró a los demás a su alrededor.

También habían desmontado de sus caballos y ponis, estirando las piernas después del viaje.

Yasimina y Valeria se unieron a él para saludar a Yakin, pero Snagg solo asintió con la cabeza en su dirección, sin decir nada.

Zula parecía estar ocupada con las mochilas en su caballo, solo mirando de vez en cuando en su dirección.

Quizás ella pensó que algo se le había soltado...

Conan apartó el pensamiento de su mente.

"Te lo contaremos todo, esta misma tarde", dijo Yasimina, "pero yo, en primer lugar, estoy deseando un baño y algo de ropa limpia. Y, por la noche, ¿una buena comida, pudiera ser? ¿Estará todo listo?"

"Sí, mi señora", respondió Yakin, "y no ha pasado nada importante mientras estaba fuera, me complace decir que todo está como lo dejó".

"Pues ya ves," intervino Conan, "esta noche, creo que me gustaría ir a una taberna. Gastar un poco de ese dinero duramente ganado, ¡y recordar cómo es estar de vuelta en la ciudad! ¿Hay alguien que esté conmigo?"

Snagg asintió, gruñendo su asentimiento, pero las mujeres protestaron.

"No, creo que un poco de paz y tranquilidad me apetece más hoy" respondió Valeria. "Me quedaré aquí esta noche".

"Igual que haré yo", respondió Yasimina, que luego miró hacia el último miembro del grupo, que todavía no se había unido a ellos, "¿Qué hay de ti, Zula?"

"Oh ..." dijo la enana, como si estuviera un poco sorprendida, "no, no, creo que también me quedaré aquí. Yo, uh, creo que me acostaré temprano, de hecho. Yo me siento bastante cansada después de todo este tiempo acampando en tiendas".

Conan asintió. Sería, quizás, bueno pasar una noche con una compañía diferente durante un rato, habiendo estado de viaje junto con los demás durante tanto tiempo.

"Solo tú y yo, entonces, Snagg", dijo, y agregó: "trataremos de no ser demasiado ruidosos cuando regresemos. Pero primero, tenemos una tarde por delante ... y un hombre joven al que entretener. Con nuestras historias de aventura, ¿eh?

* * *

La posada La Copa de Oro estaba llena, como era habitual a esa hora de la noche.

Aunque el lugar alquilaba habitaciones, era tanto una taberna como una posada, por lo que, cuando las sombras comenzaron a alargarse afuera, mucha de la buena gente de Tarantia entraban a tomar una bebida antes de dirigirse a sus hogares.

Sin embargo, la clientela era generalmente respetable, por lo que había pocas posibilidades de una pelea o, por lo demás, de que ocurriera algo desagradable, como a menudo era el caso en las tabernas de otras partes de la ciudad en zonas menos recomendables.

Esta era la razón por la que a Conan le gustaba y, además porque los visitantes moderadamente ricos procedentes de fuera de la ciudad a menudo se alojaban aquí, por lo que también solía ser un buen lugar para encontrar trabajo.

Pero esa no era la razón por la que Snagg y él habían venido aquí esta noche.

Habían tenido bastante trabajo por el momento.

Quería relajarse y divertirse, al menos por una noche.

Encontró una mesa libre, y ambos se sentaron y pidieron una bebida.

La camarera, que no pudo dejar de notar, era bonita.

Ella tendría unos veinte y tantos años, con un pelo rizado que le llegaba a los hombros, del color de la arena dorada, los ojos marrones y una sonrisa de bienvenida.

Su camisa blanca de manga corta era escotada y revelaba un amplio escote.

Y su piel, por lo que podía ver, era preciosa y estaba ligeramente bronceada.

"Eres nueva", dijo, sonriendo mientras ella se acercaba con una bandeja de bebidas, "¿cómo te llamas?"

"Livia", dijo simplemente, regalándole con una sonrisa llena de hermosos dientes blancos.

Mientras lo hacía, notó que sus ojos se movían sobre él, absorbiendo su cabello oscuro, su barba corta, y lo que él esperaba era un cuerpo atlético y razonablemente delgado, debido a un trabajo que a menudo lo mantenía ejercitado.

Su mirada se cernió ligeramente sobre sus orejas, ligeramente puntiaguda, y mostrando su herencia de medio elfa.

"Llevo trabajando aquí un par de semanas, pero no le he visto antes. ¿Viene a menudo?"

Puso un par de jarras sobre la mesa, mirando brevemente a Snagg, pero luego, aparentemente sin ver nada de interés, se volvió de nuevo hacia Conan.

"Mi nombre es Conan", respondió él, "y en realidad vivo cerca. Pero Snagg y yo hemos estado lejos últimamente, fuera de aquí".

"¿Un aventurero?" ella dijo, sonando impresionada, "o un comerciante, ¿tal vez?"

"Lo primero, y me atrevo a decir que podría tener muchas historias interesantes para contarte, si tienes tiempo".

Snagg levantó los ojos ligeramente ante el comentario.

Sin duda, para un enano, incluso esto fue un poco demasiado lanzado.

"Más tarde, tal vez", dijo Livia, "hay otros clientes".

Otra rápida sonrisa, y ella desapareció de nuevo entre la multitud.

"Bueno, amigo mío", dijo Conan, volviéndose hacia su compañero aventurero y levantando su jarra "¡Por nuestras recientes victorias!"

Y a medida que avanzaba la noche, intercambiaron historias de sus recientes aventuras, y un pequeño grupo comenzó a reunirse alrededor de la mesa.

De algunos, Conan sabía que eran contactos y amigos que también frecuentaban esta taberna, pero algunos otros eran personas a las que reconocía vagamente, como mucho.

Snagg se volvió más voluble cuando bebió más cerveza, pero el guerrero no vio razón para frenarlo.

Hablaba más de peleas y escapadas cercanas a la muerte que de riqueza y tesoros, y ¿de qué servía ser un aventurero si no podías jactarte un poco?

Además, su atención a menudo estaba en otra parte.

Cuando Snagg se lanzó a una historia sobre una lucha contra un no-muerto en la sombra, Conan miró a Livia.

Había notado que había prestado atención a las historias, y sus ojos estaban más en él que en el enano, independientemente de quién hablara.

En este momento, sin embargo, estaba inclinada para buscar una jarra de detrás de la barra.

Su falda verde caía hasta la mitad de la pantorrilla, por lo que podía ver poco de sus piernas, pero su culo estaba bien redondeado.

Se lo imaginó sin la falda, cómo se sentiría en sus manos ahuecadas ...

"¿Y entonces...?"

"¿Hmm?" se volvió hacia Snagg, consciente de que había estado mirando a otro lado, y había perdido el hilo de la conversación.

"Dígales lo que hizo a continuación", le incitó al enano, "después de que el frasco de Yasimina se hubiera caído al pozo".

Él obedeció, regresando a la historia, y olvidándose momentáneamente de Livia.

Pero entonces ella apareció en el otro lado de la mesa, limpiando una mancha en su camino.

Se inclinó mientras lo hacía, muy deliberadamente, pensó él, dando una visión clara y sin obstrucciones de la parte superior de su camisa, y de los montículos de sus pechos sobresaliendo sobre su escote.

Se aclaró la garganta, "de vuelta a ti ..." le dijo a Snagg.

Livia le mostró esa sonrisa otra vez, deslizándose alrededor de la mesa hasta que estuvo a su lado, acercando su hermoso muslo contra su mano.

No pudo ser un accidente, por lo que él deslizó subrepticiamente su mano hacia arriba, sintiendo la forma de su cuerpo a través de la gruesa tela de su falda, dándole un ligero apretón a la nalga.

Ella no dijo nada, y todos los demás miraban hacia Snagg en ese momento.

Miró hacia ella, y ella levantó los ojos hacia el techo, en dirección a los dormitorios de la posada, y le guiñó un ojo.

Él asintió en silencio, y luego ella se fue, de vuelta hacia el bar y a otro grupo de clientes.

* * *

Conan paseaba por la habitación oscura.

La luna mayor se elevaba hacia afuera, proyectando su luz plateada sobre la ciudad, y una parte se derramó a través de la pequeña ventana.

La tarde había llegado a su fin, y Snagg se había marchado, regresando solo a la villa.

Parecía resignado por eso, no particularmente sorprendido, pero tampoco aprobándolo.

Los enanos, después de todo, no adoraban a Muriela.

Conan ya se había desnudado hasta la cintura y se quitó las sandalias, con su ropa ahora doblada en una silla en la esquina.

La habitación contenía sólo una cama y una mesa pequeña.

No era una de las habitaciones más elegantes de la posada, pero eso realmente no importaba.

No había espejo, pero el guerrero alisaba su cabello de todos modos, tratando de verse lo mejor posible.

Podía oír que se estaba limpiando escaleras abajo, ahora que los últimos invitados se habían dirigido a sus casas o habían subido a sus habitaciones.

Hubo un golpe silencioso en la puerta, y rápidamente se acercó para abrirla.

Livia se quedó enmarcada en la puerta, sosteniendo una vela en un plato pequeño en una mano.

La luz de las velas iluminó su rostro y su pecho, su cabello rizado proyectando sombras, sus labios ligeramente separados e invitantes.

"Estaba empezando a pensar que no vendrías", dijo él bromeando, pero la espera no había sido demasiado larga.

"No había tenido oportunidad", dijo ella, mostrando esa sonrisa una vez más.

Rápidamente entró a la habitación, cerrando la puerta firmemente detrás de ella y colocando la vela en la mesa.

Conan se movió para apagarla, pero ella alcanzó su mano, sosteniéndola en la de ella.

Su piel era suave, cálida.

"Déjala encendida", murmuró Livia, sus ojos vagando sobre su pecho desnudo y hasta la parte superior de su cuerpo.

De repente, ella tomó su cabeza con su mano libre y lo atrajo hacia ella, besándolo apasionadamente.

El beso se demoró, sus labios se juntaron.

Conan puso sus brazos alrededor de ella, juntándolos, aplastando sus voluptuosos pechos contra su pecho, separados solo por la tela de algodón de su camisa.

Sus brazos se envolvieron alrededor de él, sus manos exploraron su espalda, enviando un hormigueo de anticipación por su espina dorsal.

Hicieron una pausa, respiraron hondo y se miraron a los ojos, y luego volvieron a besarse, con sus lenguas entrelazadas.

Por fin, ella se retiró, y él la miró de nuevo, admirando la forma en que su pecho se alzaba.

Él se agachó y le quitó la camisa blanca, deslizando las manos sobre sus lados, y luego la levantó por encima de su cabeza mientras ella levantaba los brazos.

Ella sonrió de nuevo, pronunciando la simple frase, "¿te parezco bien?"

Era una pregunta que realmente no necesitaba respuesta; ella era magnífica.

En lugar de responder, él ahuecó sus pechos en sus manos, pasando sus dedos sobre la piel.

Sus pezones eran grandes y rosados, también ya estaban duros y de punta cuando él acarició con sus pulgares.

La atrajo hacia él otra vez, y se besaron mientras pasaba sus manos por su cabello, trazando los contornos de su cuello.

La llevó con cuidado hacia la cama, besándola alternativamente y tocando sus pechos.

Livia suspiró mientras se acostaba de espaldas, y él se subió a la cama junto a ella.

Él besó su barbilla, y luego su cuello, bajando hacia su clavícula.

Hizo una pausa por un momento, admirando la forma de sus pechos, luego inclinó su cabeza hacia uno, sacudiendo su pezón con su lengua.

Ella murmuró algo inaudible pero feliz, y él continuó, chupando suavemente y pasando su lengua sobre la piel sensible.

Él masajeó su pecho libre, luego cambió postura.

Sabía bien, mientras sus propias manos pasaban por su brazo, sobre su hombro, sintiendo su cuerpo firme.

Miró hacia arriba, y sus ojos se encontraron de nuevo.

"Mmm ... no te detengas" Dijo ella.

En lugar de responder, él la besó en la base de su esternón y luego se movió por su estómago.

Reflexionó de nuevo sobre la suavidad de su piel y la forma de su cuerpo, bien siluetada, pero sin músculos duros.

Alcanzó la banda de su falda, bajándose de la cama para colocarse entre sus piernas.

Le sacó la falda y las bragas de algodón, sobre sus caderas, deslizándolas sobre sus piernas para colocarlas en el suelo.

Livia se quitó los zapatos y se quedó desnuda e indefensa ante él.

Desnuda, sus piernas se veían tan bien como él lo había imaginado abajo en la taberna.

Pasó sus manos sobre sus muslos, moviéndolos lentamente hacia arriba, y besó sus caderas, justo al lado del montículo de vello púbico.

Sus piernas estaban separadas, y él sopló suavemente entre ellas, el calor de su aliento provocándola, mientras miraba, a la luz de la vela, una gota de humedad brillando entre ellas.

"Oh sí," suspiró Livia, "sí, por favor ..."

Pasó su lengua por la rajita, luego separó sus labios, sondeando la cálida y acogedora carne de su coño.

Livia jadeó de placer, sus caderas retorciéndose lujuriosamente contra las sábanas.

Conan puso sus manos en sus nalgas y continuó chupando y lamiendo, lanzando su lengua contra su clítoris.

Livia estaba gimiendo suavemente ahora.

Bajó una mano para acariciar su cabello, corriendo a lo largo del contorno puntiagudo de su oreja izquierda.

Él levantó la vista, observando cómo esos maravillosos senos subían y bajaban a medida que su respiración se hacía más pesada, más agitada.

Regresó a su tarea, ahora metiendo uno de sus dedos en su coñito mientras continuaba lamiéndolo.

Mientras jugaba con su clítoris, ella gimió, moviéndose ligeramente debajo de él, así que lo hizo de nuevo, convirtiendo sus gemidos en jadeos apasionados.

Se puso de pie, una vez más admirando la belleza de la muchacha que tenía ante él.

Livia se apoyó en los codos, el sudor ahora le goteaba la cara, y le clavaba un mechón en la frente.

Su mirada viajó por su cuerpo, mientras él una vez más se sentó en la cama junto a ella.

"¿Lo disfrutaste, verdad"

Se burló él de ella, recibiendo un beso en respuesta.

Se estiró para acariciar uno de sus pechos otra vez, mientras su mano se deslizaba por su costado.

Ella tiró de su cinto, aflojó el cordón con un poco de dificultad y luego se las puso sobre los muslos.

Él se quitó el calzón, y la mano de ella buscó su polla, acariciando a lo largo de su longitud, y pasando su dedo por la punta, rozando el capullo.

Él besó su pecho más cercano otra vez, chupando el pezón, lamiéndolo, mientras su propia mano acariciaba su erección.

Se maravilló de nuevo ante la suavidad de su toque, que parecía solo llevarlo a un éxtasis mayor.

Ella frotó su polla contra el húmedo cabello de su vagina, y él miró hacia arriba viendo su implorante mirada.

Haciendo girar su pierna, se montó encima de ella, su peso presionando sus pechos.

Ella lo guió, hacia adentro, mientras él empujaba profundamente dentro de su acogedor coño.

"Oh, dioses", murmuró ella, envolviendo un brazo detrás de su cuello y agarrando sus nalgas con la otra mano mientras continuaba meciéndose hacia adelante y hacia atrás.

Estaban jadeando ahora, el placer brotaba dentro de él mientras empujaba una y otra vez dentro de su cuerpo.

Se besaron, mientras él le daba un masaje a uno de sus pechos, y ella pasaba un dedo alrededor del contorno de su oreja.

Hizo una pausa por un momento, no queriendo que el evento termine demasiado pronto.

Sus ojos marrones estaban vivos, brillando a la luz de las velas, y su sonrisa era tan contagiosa e invitadora como siempre.

Él comenzó a moverse de nuevo, sintiendo sus caderas apretándose contra él, su mano agarrando sus nalgas con más fuerza ahora, sus pechos llenos de sudor, mientras continuaba bailando sus pezones rosados e hinchados.

Livia gritó cuando él se corrió, agarrándolo hacia ella mientras su propio orgasmo sacudía su cuerpo.

Incluso Conan no había esperado que su primera noche de regreso de la aventura fuera tan placentera ...

CAPÍTULO II
ZULA

Zula cerró la puerta de su habitación detrás de ella, y se apoyó contra la puerta por un momento, repentinamente nerviosa.

Se había excusado de la conversación nocturna una vez que Yakin se había ido para completar su propio trabajo nocturno.

Ella había alegado cansancio, pero la verdad era bastante diferente.

Sacó la mágica bola de cristal de su bolsa, y la sostuvo en su mano, mirándola, con el corazón latiendo.

Cuando la encontró, enterrada entre la basura cerca de la parte trasera de una cámara subterránea, inicialmente había planeado entregarla a los demás, como cualquier parte del botín del tesoro del grupo.

Pero eso fue antes de que ella se diera cuenta de lo útil que sería, y exactamente lo que ella podría hacer con eso... solo si los demás no supieran que la tenía.

Se sentía culpable por hacerlo, especialmente cuando consideraba cuál había sido su verdadero motivo.

Tal vez debería haberles dicho, y luego reclamarlo como su parte del botín.

Era mucho más fácil si no lo sabían ... pero, igualmente, ahora sería extremadamente embarazoso si lo descubrieran.

Pero ya era demasiado tarde para eso.

Tenía la bola de cristal en la mano y no tenía sentido haberla tomado si no tenía la intención de usarla.

Eso sería lo peor de ambas posibilidades.

Respirando para calmarse, deslizó el pestillo del interior de la puerta, cerrándola, y se dirigió a su cama.

Se quitó la chaqueta, la puso a un lado, se sentó en la cama y también se quitó las botas.

Como duende, le encantaban las comodidades, y la cama ya se sentía apetecible.

Se acostó, encima de las mantas, sintiendo su material suave con los dedos de los pies desnudos, y apoyando profundamente la cabeza en la almohada.

Entonces, ya sintiéndose un poco más relajada, extendió el pequeño orbe mágico frente a ella.

Ella sabía cómo activar las cosas, por supuesto, habiéndolo visto hacer una vez antes, hace varios años.

Eran dispositivos útiles, pero raros, y fue solo su buena fortuna lo que le permitió que uno se deslizase en sus manos.

Miró fijamente el globo, dándole vida, y luego lo presionó suavemente contra un ojo cerrado.

El vidrio comenzó a brillar, y un nebuloso disco de luz surgió ante ella.

Abrió la mano y la bola comenzó a levantarse, dejando el globo atrás, todavía fijo frente a su cara.

Podía ver formas formándose dentro del disco: una imagen de su habitación oscura vista desde la perspectiva de la bola de cristal, no desde sus propios ojos.

Un ojo mágico, de hecho, pensó.

Ahora solo tenía pensar a dónde quería que fuera, y esperar que nadie lo viera.

Era tan pequeño que, seguramente, nadie lo haría, siempre y cuando ella tuviera cuidado.

Ahora podía mirar a donde quisiera, sin que nadie lo supiera ... y había un lugar en particular que ella ciertamente quería mirar.

Deseó que el ojo flotara por la ventana abierta y bajara a la planta baja, donde se deslizó por otra abertura.

El espacio era demasiado estrecho para que entrara una persona, debido a la rejilla metálica sobre la ventana, pero no para algo tan pequeño como este ojo.

Dirigió el ojo hacia la sala principal, donde había dejado a los demás, y lo dejó colgando justo encima de la puerta, en las sombras cerca del techo.

La casa solo estaba iluminada por unas pocas antorchas aquí y allá, dejando muchas manchas de oscuridad.

A través de la puerta, podía ver a Yasmina y Valeria, quienes ya parecían estar retirándose, aparentemente decidiendo que no podían hacer nada más esta noche, a menos que quisieran esperar a Conan y Snagg.

Esperando el momento adecuado, detuvo el ojo donde estaba, hasta que empezaron a subir las escaleras, y luego lo movió lentamente por el pasillo, hacia una de las puertas de atrás.

La vista mágica del lugar era extraordinaria, casi como si ella misma estuviera parada allí, o más bien flotando en el aire, justo debajo del techo.

Los detalles eran tan nítidos como su propia vista, y con casi el mismo campo de visión.

Pero era bueno que ella estuviera en una habitación oscura, ya que las sombras que se mostraban en el disco ante ella habrían oscurecido todo si ella misma estuviera parada en la luz.

Casi inmediatamente después de entrar en el corredor trasero, vio su objetivo: Yakin.

Yakin era, por supuesto, humano, y ahí estaba la tragedia.

Era un chico guapo, unos años más joven que ella, pero lo suficientemente mayor para ser su tipo, y lo suficientemente maduro como para interesarle.

Habría sido un buen duende, con su apariencia, su cabello castaño claro y su nariz recta.

Pero no lo era, lo que significaba que siempre habría un abismo entre ellos.

Los humanos a menudo se mezclaban con los elfos: Conan era una prueba viviente de eso, pero nunca con los duendes.

La diferencia de tamaño era un obstáculo demasiado grande para sus percepciones y, si ella era honesta, también para la mayoría de los duendes.

Tenía tres pies y dos pulgadas de altura, perfectamente razonable para una mujer gnómica, pero contra un humano como Yakin ... bueno, si tenía que ser sincera, el problema era lo que tenía en la entrepierna, que sería demasiado grande para ella.

Era una pena, realmente lo era.

Si solo hubiera alguna manera de reducirlo a su tamaño, para que la pudiera tomar como una mujer normal.

No era que pareciera una niña en ningún otro aspecto; sus pechos y caderas la hacían tan bien formada como cualquier mujer humana.

Los enanos eran diferentes, con su constitución gruesa y miembros atrofiados; incluso si un humano fuera del tamaño de un enano sería poco probable, pensó, encontrar uno atractivo.

Y, si ella fuera una enana, probablemente no vería nada en Yakin.

Pero no lo era, y la verdad era que él era un joven atractivo, y siempre considerado y servicial.

¿Cuántas veces se había acostado en esta misma cama, pensando en él?

¿Cuántas veces se había imaginado su rostro en los últimos días, esperando hasta que pudiera estar cerca de él otra vez?

¿Cuántas veces había fantaseado ella con él, imaginándolo de alguna manera reducido a su tamaño, y de lo que podrían hacer juntos si lo estuviera?

Pero ella no quería hacer eso esta noche; ella solo deseaba mirarlo, sabiendo que, si él sabía lo que ella sentía, las cosas se volverían desesperadamente incómodas.

Porque él era un humano, y nunca podría corresponder a sus sentimientos, a sus deseos.

Así que se acostó en la cama, observándolo cerrar las contraventanas y apagar las antorchas, preparando la villa para la noche.

Se dio cuenta de que, con las contraventanas cerradas, tendría que volver a bajar las escaleras después de que él se hubiera acostado, y abrir la ventana para dejar que el ojo volviera a su habitación.

Pero, por el momento, estaba contenta de verle.

Después de un rato, aparentemente satisfecho con sus deberes durante la noche, Yakin se dirigió a través de una puerta lateral.

Zula se dio cuenta de inmediato de que no era el camino a sus aposentos.

De hecho, se dio cuenta, su corazón casi saltaba al pensarlo, ¡era la puerta de la sala de baño!

La ciudad de Tarantia se construyó sobre aguas termales, parte de la razón de su existencia.

La villa, como muchas ubicados en toda la ciudad, tenía su propia sala de baño, llena de agua naturalmente cálida.

Ella misma lo había usado antes para eliminar la suciedad y el polvo del viaje, su primer baño adecuado en más de un mes.

Inconscientemente, olvidando su resolución de solo un rato antes, movió su mano izquierda a su pecho, acariciándolo a través del paño rojizo de su túnica.

Sus pezones se endurecieron con el toque.

¿Estaba Yakin simplemente yendo allí para arreglar algo, o ...?

Ella movió el ojo a través de la puerta detrás de él, lanzándolo hacia el techo.

Yakin se volvió de repente, miró detrás de él y luego salió por la puerta.

¿Había visto el ojo?

¿Lo había movido demasiado rápido?

Zula estaba paralizada ahora, sin atreverse a moverse, como si, de alguna manera, él pudiera verla, y no a una bola de cristal flotante.

Pero el joven humano negó con la cabeza, aparentemente sin ver nada, y regresó a la habitación, cerrando la puerta detrás de él.

Había estado cerca, pero parecía que ella había logrado mantener el ojo fuera de su vista.

Ahora, sin embargo, no se atrevió a moverlo desde su lugar actual cerca del techo, lejos de las dos lámparas que iluminaban la habitación.

Ella no podía arriesgarse a que él volviera a sospechar.

Yakin sacó una de las toallas, colocándola cerca del baño.

Ella se dio cuenta de que él realmente se iba a bañar, y su plan original se desvaneció de sus pensamientos por completo.

Ella solo quería verlo trabajar, hasta que él apagó las lámparas y hundió la casa en la oscuridad, pero ahora era diferente.

Se frotó el pecho con la mano izquierda de nuevo, arrugando la tela sobre él, sintiendo la emoción mientras deslizaba su otra mano para descansar en la parte interior de su muslo, sintiendo el suave cuero de sus tiras apretadas contra su carne.

Ella respiró, suspiró con anticipación, sus ojos se ensancharon.

Yakin se quitó la túnica y luego se agachó para desabrocharse los zapatos.

A pesar de todo lo que había intentado, nunca antes lo había visto en un estado de desnudez parcial.

Se dio cuenta de que ni siquiera sabía realmente cómo se veía un hombre humano desnudo.

¿Cuánto se parecerían a los duendes?

A juzgar por lo que había visto hasta ahora, no había ninguna diferencia.

Yakin estaba moderadamente bien constituido, su piel clara era impecable y suave, una ligera capa de pelo en la parte superior del pecho, pero muy poco.

Su físico era como ella siempre lo había imaginado, recortado, pero no excesivamente musculoso, su vientre plano.

Ella miró hacia abajo a su cintura, mientras comenzaba a hurgar con los cordones que sostenían su propio atuendo.

Y entonces Yakin se dio la vuelta.

No era su espalda lo que ella quería ver, pero ahora estaba de espaldas a ella, colocando los zapatos y la túnica cuidadosamente en el banco frente a él.

No se atrevió a mover el ojo para verlo mejor, y solo lo miró fijamente, incapaz de hacer nada por su situación.

Con un movimiento suave, Yakin se quitó las medias largas y luego se bajó los pantalones cortos de algodón que llevaba debajo.

Sus nalgas eran firmes, bien formadas, del tipo que a ella le gustaban.

Pero ella quería ver más.

¿Por qué se estaba tomando tanto tiempo?

Con un gruñido de frustración, bajó la mano izquierda, se abrió la túnica, se metió la mano y luego se pellizcó el pezón desnudo.

Los nudos de los cordones se deshicieron, y ella deslizó su otra mano en sus braguitas, pasando sus dedos sobre su vello púbico y bajando a la rajita entre sus piernas.

Le dolía el coño de deseo, pero se ella obligó a detenerse, preguntándose en silencio.

¿De verdad tenía que hacerlo?

Sí.

Sin duda quería hacerlo.

Yakin se volvió hacia el baño, de pie ante él, completamente desnudo, con lo interesante todo a la vista.

En ese momento se dio cuenta de que ni siquiera había pensado en cuál de las dos posibilidades realmente quería que fuera la verdadera.

¿Había esperado que, a pesar del gran tamaño del humano en otros aspectos, su pene fuera del tamaño de un duende, dándole una esperanza, aunque fuera distante, esperando de que algún día él pudiera elegir colocarlo entre sus muslos?

¿O había esperado secretamente, en algún oscuro rincón de su mente, que los humanos fueran proporcionados como los duendes en todos los sentidos, haciendo que su polla sea tan grande y potente como el resto de él?

Ahora estaba muy claro que la última posibilidad era la verdadera.

Ella nunca había visto a un humano desnudo antes, pero había visto desnudos hombres duendes y, en todas sus proporciones, Yakin ciertamente se parecía a uno.

¿Qué tan grande significaba eso para su pene, especialmente cuando estuviera completamente erecto?

Ahora no estaba erecto y le pareció enorme, ¿cuánto sería de grande en completa erección?

¿Cuánto más lejos había desvanecido esto las esperanzas que ella tenía para poseerle?

En este momento, a ella no le importaba.

Con la mano izquierda acariciando su pecho, ella metió un dedo entre los labios de su coño.

Estaba muy mojado, caliente, dolorido por su toque.

Ella necesitaba liberarse, y ella lo necesitaba pronto.

Su dedo acarició su clítoris, y ahogó un gemido cuando experimentó una repentina oleada de placer.

Ella lo necesitaba tanto que dolía.

Sí, ella se había masturbado muchas veces antes, pensando en Yakin, pero nunca había sido así.

La imagen de él desnudo ante el baño era una que seguramente ella mantendría en su mente para siempre.

Pareció una eternidad, pero difícilmente podría haber pasado mucho tiempo antes de que él se deslizara hacia las cálidas aguas del baño.

Ahora buscando el jabón perfumado y la piedra pómez que ella misma había utilizado esa misma noche.

Las aguas estaban limpias y claras, permitiéndole una vista de todo su cuerpo, distorsionada por las ondas, pero más que suficiente para alimentar sus fantasías.

Ella deslizó su dedo dentro y fuera de su coño, encontrando un ritmo, sintiendo la humedad resbaladiza de su sexo.

Luego, mirando una vez más el objeto de su afecto, hizo algo que nunca había hecho antes, y empujó un segundo dedo.

Comenzó a bombear, a golpear más fuerte, su respiración entrecortada, tirando de su pezón con la otra mano, girándolo entre el índice y el pulgar.

Deseaba tanto a Yakin, pero esto era todo lo que podía hacer para sentir que la estaba penetrando en su cama.

Sus dedos trabajaron duro, mientras los forzaba más adentro, imaginando esa enorme polla completamente erecta, abriéndose paso hacia su ansioso coño.

Imaginando esas nalgas firmes golpeando dentro de ella con vigor creciente.

Metió un tercer dedo en su pasión lujuriosa, encontrándolo apretado, casi doloroso.

"Podría joderte, sé que podría ..." jadeó, dándose cuenta de repente que había hablado en voz alta.

Entonces su clímax la golpeó, y se arqueó sobre la cama, su pequeño cuerpo convulsionó cuando oleadas de orgasmos se estrellaron sobre ella, aturdiendo en su ferocidad, cegándola incluso la vista del hombre desnudo en el disco de luz que tenía delante.

CAPÍTULO III
CASSANDRA

Las botas de cuero de suela blanda hacían poco ruido cuando la figura oscura y encapuchada caminaba a lo largo de una oscura calle trasera.

Las casas cercanas eran grandes, algunas de las más opulentas en Tarantia, muchas de ellas iluminadas por la luz de una linterna desde dentro a esta hora de la noche.

Incluso si no fuera por la oscuridad del exterior, poco habría sido visible de los rasgos de la figura, envueltos debajo de la capa larga y encapuchada.

La figura miró a su alrededor para asegurarse de que nadie estuviera mirando, pero la calle estaba desierta.

Se acercó a la puerta trasera de una de las casas y golpeó suavemente.

Después de una larga pausa, la puerta se abrió ligeramente y un rostro humano se asomó.

Aparentemente satisfecho en lo que respecta a la identidad del visitante, el hombre abrió más la puerta y la figura desapareció dentro.

La habitación interior era sombría, iluminada solo por el candelabro que sostenía el sirviente.

Cassandra se retiró la capucha de su manto, revelando un rostro bonito, pero serio, con piel pálida y cabello castaño hasta los hombros.

Sin embargo, su ascendencia fue inmediatamente aparente, tal como lo fue, tal vez, su razón para ocultarse.

Solo por debajo de su cabello se veían las puntas de dos cuernos pequeños y negros, y sus ojos brillaban a la luz de las velas como dos granates oscuros, un tinte rojizo definitivamente antinatural.

"Le informaré a su señoría de su presencia", dijo el hombre, aparentemente sin reaccionar de ningún modo ante su reveladora apariencia, "y por favor espere aquí".

Dicho eso, se fue, llevándose la vela y sumergiendo la habitación en una oscuridad casi total.

Eso le importaba poco a Cassandra, aunque no tenía idea de si el hombre se había dado cuenta de eso o no.

Ella era una semidemonia, su sangre manchada con la oscuridad del infierno mismo.

La mayoría de sus antepasados habían sido humanos, por supuesto, pero una de sus tatarabuelas se había comprometido a una noche de libertinaje desenfrenado con un demonio, dejando como resultado a su bisabuelo.

No sabía ni se preocupaba por los detalles precisos, ni mucho menos sobre cómo su línea tocada por el Infierno se había propagado por generaciones, pero la mancha infernal en su sangre le daba algunas ventajas sobre los humanos más mundanos.

Una de las cuales era la gran capacidad de ver en la oscuridad que habría desafiado incluso a la visión de un gato.

Esta era, concluyó, una sala de espera para visitantes que no tenía claro que la dueña de la casa quisiera que otros vieran al llegar.

Comerciantes en su mayor parte, probablemente, pero también aquellos como ella.

La habitación tenía poca decoración, y solo una ventana, que estaba bien cerrada.

Aquí había un par de sillas, ambas funcionales, pero no lo suficientemente caras como para adaptarse realmente a la casa.

El único toque de personalidad estaba en el pasillo más allá, parado en un pequeño pedestal.

Era una estatuilla, de fundición de bronce, que mostraba a un sátiro con un falo inverosíblemente grande, ocupado en follarse a una pequeña ninfa.

La boca de la ninfa estaba abierta, gritando, pero la estatuilla era demasiado ambigua para decir si el escultor había querido que fuera por placer o por dolor.

Lo que era, sospechaba ella, bastante deliberado.

De cualquier manera, parecía algo extraño para tener en el pasillo.

El hombre regresó, luego de una espera que seguramente tenía la intención de ponerla en su lugar, pero no lo suficiente como para ser realmente inconveniente.

"Su señoría te verá ahora", dijo, y le hizo un gesto para que le siguiera.

Guió el camino a través de un pasillo que, aparte del pedestal y su figura, se parecía mucho a la de cualquier otra casa costosa y opulenta.

Se preguntó si la estatua de bronce se había puesto allí para su propio beneficio y, en caso afirmativo, cuál sería el mensaje que se suponía eso tenía.

Tal vez solo tenía la intención de intranquilizarla, pero, de ser así, había fracasado.

Se necesitaría más que eso para sorprender a una semidemonia.

Por fin llegaron a una puerta doble de madera tallada con un abstracto bajorrelieve, que el hombre abrió para indicar una habitación más iluminada más allá.

Le hizo un gesto para que entrara, luego, una vez que lo hizo, se inclinó silenciosamente ante la ocupante de la habitación antes de retroceder y cerrar la puerta.

Su señoría era claramente una pervertida.

Los tapices colgaban en tres de las cuatro paredes de la habitación, ocultando cualquier otra puerta o ventana que pudiera haber.

La única pared desnuda era la que contenía la puerta por la que acababan de entrar, y que sostenía linternas brillantes con candelabros que arrojaban luz sobre la habitación.

Además, había dos sillas y una mesa pequeña, sosteniendo lo que parecía ser una botella de vino y una copa.

Si se sentara en la silla vacía, la mesa estaría fuera de su alcance, pero, lo que es más importante, solo se verían las tres paredes con tapices.

Y si la figurilla en el pasillo podía tener o no la intención de hacerla sentir incómoda, seguramente los tapices sí.

Cada uno mostraba un jardín nocturno, lleno de cuerpos desnudos envueltos en actos sexuales gráficos y explícitos.

Iban de lo apasionado a lo bizarro e incluso brutal.

Además de los humanos y los elfos, los hombres bestia y los semidemonios parecían ocupar un lugar destacado, y muchas de las parejas eran del mismo sexo.

Nada de esto tenía nada que ver con por qué había sido invitada aquí, y su mente comenzó a formular tácticas de escape, solo como una precaución.

Lady Gedren estaba sentada en la más grande de las dos sillas, que parecían tronos, y acolchadas con tela roja.

"Buenas noches", dijo ella, con su voz suave como la seda, "tome asiento".

Cassandra ya había hecho su tarea, antes de venir, sobre la mujer que tenía delante.

Lady Taramis Gedren rara vez se veía en los círculos sociales de la nobleza local, y con buena razón: ella era una elfa oscura.

Hasta donde pudo determinar Cassandra, había sido excluida de su propia sociedad por alguna razón, y se había establecido aquí, fortaleciendo su fortuna con el trabajo mercantil y mágico.

El título de "dama" era una mera afectación, un remanente de su educación super exclusiva.

Se sentó en la silla vacía, frente a la elfa oscura.

Sobre el hombro izquierdo de su señoría había una representación de una mujer elfa que se atragantaba con la polla rígida de un minotauro, y sobre la otra, una imagen de un hombre humano, encadenado a un árbol mientras un elfo oscuro masculino lo sodomizaba.

A juzgar por la propia postura del ser humano, esto era aparentemente algo que disfrutaba mucho, a pesar de las cadenas.

Cassandra ignoró ambas imágenes, manteniendo sus ojos fijos firmemente en la mujer frente a ella.

"Escuché que eres buena", dijo su señoría.

La semidemonia no dijo nada: dadas las circunstancias, la frase era bastante ambigua.

"En obtener cosas sin el conocimiento de su propietario", agregó la elfa oscura después de un breve silencio, "en entrar a las instalaciones donde otros preferirían que no se profanaran. ¿Es esto cierto?"

"Sí", respondió Cassandra, una simple declaración de hecho.

Gedren ya lo sabía, o ella no estaría aquí.

La elfa oscura asintió, manteniendo su expresión altanera.

Su vestido, si pudiera llamarse así, estaba hecho de un material púrpura oscuro, pero Cassandra sospechaba que su creador no podría haber sido un simple sastre común.

La parte superior consistía en dos piezas del indefinido material púrpura oscuro, estiradas sobre los pechos de Gedren, unidas por un broche dorado con un solo rubí en su amplio escote, y también provisto de tiras negras de tela alrededor de su espalda y sobre sus hombros.

También llevaba un manto de un fino material negro y sedoso, formando una gargantilla alrededor de su cuello, pero se la empujó hacia atrás para mostrar mejor el sensual y erótico conjunto del resto de su cuerpo.

Brazaletes de plata decoraban sus brazos desnudos, mientras que piezas de relleno negro cubrían sus brazos, con forma de armadura, pero claramente decorativos en lugar de prácticos.

Su piel era de color negro azabache, suave y sin defectos.

Su vientre estaba desnudo, delgado y curvilíneo, decorado solo por una cadena de filigrana dorada justo debajo de su ombligo, sosteniendo una pequeña gema colgante.

Debajo de eso venía la segunda parte de su vestido, dos tiras anchas del mismo material púrpura oscuro envueltas entre sus piernas, llegando hasta la mitad de sus pantorrillas.

Estaban unidas por otras dos tiras negras más, una que se extendía sobre sus caderas desnudas y la otra más abajo en la parte superior de sus muslos.

Parecía casi una camisa, pero, aun así, dejaba sus piernas casi desnudas.

"Tengo una tarea que requiere a alguien de sus talentos particulares", dijo Lady Gedren, "no hace falta decir que su discreción es absolutamente esencial".

"Sabrá que el silencio viene garantizado con mi trabajo", respondió la semidemonia.

Gedren ya lo habría comprobado también.

Era de esperar en este negocio.

"Perfecto." contestó la elfa oscura, con una leve sonrisa tentadora en sus labios.

Su pelo era blanco puro, como la nieve, recogido en una larga cola de caballo, con flecos sueltos que enmarcaban su rostro.

Sus ojos eran de color ámbar brillante, pero de alguna manera tan fríos como el hielo.

Ella no parecía ser del tipo de mujer con la que apeteciera cruzarse en tu camino, pero Cassandra había lidiado con mucha de este tipo de gente durante su vida, y había pocas personas que pudieran intimidarla ahora.

Gedren cruzó lánguidamente las piernas, mostrando la suave extensión negra de un muslo desnudo y, probablemente de manera bastante intencional, un destello de sus bragas de color púrpura oscuro.

Todo su enfoque, tuvo que admitir Cassandra, era nuevo método para ella.

Normalmente, si alguien quería impresionarla sobre lo poderosos y aterradores que eran, utilizarían la amenaza implícita de la violencia.

Esta era la primera vez que alguien intentaba desanimarla a través de la sexualidad.

Pero ella estaba decidida a que no funcionaría mejor que cualquier otro enfoque.

Y no era, simplemente, a través del uso de la decoración y la ropa reveladora que Gedren estaba tratando de hacerla sentirse incómoda.

Incluso dentro del corto espacio de tiempo que había estado en la habitación, los ojos del elfa oscura ya había recorrido y se habían detenido sobre su cuerpo varias veces.

Cassandra llevaba ropa de cuero, que cubría cada centímetro de su piel, excepto la cabeza, pero no había duda de que estaba desnudándola mentalmente.

Como un semidemonia, esa era una experiencia inusual, y no parecía que Gedren estuviera fingiendo su deseo.

Por lo que, si los tapices eran una guía, sus gustos tendían a lo inusual y variado, pero, desafortunadamente para el elfa oscura, Cassandra no tenía, ahora mismo, ninguna intención de hacerlo con otra mujer.

"Hay algunos individuos que recientemente regresaron a esta ciudad", continuó Lady Gedren.

"Son el tipo de personas que tienden a adentrarse en las ruinas subterráneas en busca de oro y tesoros. Estoy segura de que conoce el tipo de personas de las que le hablo. Son expertos y experimentados, como cualquiera que tuviera que sobrevivir durante mucho tiempo en aventuras".

Cassandra asintió, pero esperando a que Lady Gedren acabara lo que tenía que decir.

"Y han adquirido algo, algo que me gustaría que obtuvieras para mí ...".

CAPÍTULO IV
VALERIA

45

Valeria subió las escaleras en la parte posterior de la tienda de cartografía y mapas.

Onna, la propietaria de la tienda, era alguien a quien había conocido hacía ya mucho tiempo.

A menudo le había proporcionado para el viaje documentos o mapas interesantes, que los habían llevado a aventuras dramáticas en las tierras del norte.

El último mapa de este tipo había resultado particularmente útil, y ella merecía saber el resultado de esa aventura, por lo que Valeria se acercó allí poco tiempo después de haber regresado.

Llamó a la puerta de la vivienda que tenía Onna sobre la tienda, y fue recompensada poco tiempo después cuando la dueña abrió la puerta.

Valeria vio que la mujer estaba bien vestida y llevaba un rico vestido azul sin mangas, con una falda larga rajada por el costado para lucir una pierna delgada y botas hasta el tobillo.

Un cinturón ancho le ceñía la cintura, acentuando su figura, y el vestido en sí tenía un escote en forma de diamante abierto entre sus pechos con tirantes sobre sus hombros desnudos, donde un collar de piedras de color ámbar colgaba en el cuello.

Valeria se percató de todo esto y se dio cuenta enseguida de que probablemente no era la ropa casual de su amiga.

"¿Te he interrumpido?" Ella preguntó: "Siempre puedo volver mañana".

Onna pareció desconcertada por un momento, y luego se miró a sí misma, siguiendo los ojos de la elfa.

"Oh, nada que no se pueda posponer", dijo ella, sonrojándose ligeramente, "yo solo estaba ... no, no es nada. Entra".

"Si estás segura", respondió Valeria, entrando.

Ella había estado aquí antes, pero no muy a menudo.

Generalmente se veían en la tienda.

Onna mantenía los mejores y más valiosos documentos aquí, donde estarían más seguros.

Habiendo descubierto que los clientes de Valeria pagaban bien por esa información, estos documentos le habían proporcionado valiosos clientes, así como que se hicieran amigas, y estaba entre la poca gente que tenía acceso a su santuario interior.

Un largo sofá tapizado ocupaba el centro de la habitación, colocado en una rica alfombra azul y blanca frente a una chimenea ornamental que, en esta época del año, permanecía apagada.

Antiguos jarrones y artículos de arte decoraban la habitación, mostrando la pasión de la mujer por las cosas del pasado.

En la parte posterior de la sala, un escritorio contenía varios pedazos de pergamino, que estaban claramente en el proceso de examen por parte de Onna.

"Quería hacerte saber cómo resultó tu última venta", explicó la mujer elfa, "fue muy rentable para nosotros".

"Sí, me enteré de que habías regresado", dijo Onna, "las noticias viajan rápido. Conan y Snagg estaban en La Copa de Oro hace solo dos noches, y ya la mitad de la ciudad lo sabe".

Valeria asintió, sonriendo.

Conan no había regresado hasta la mañana siguiente, lo cual era casi inusual, e incluso Snagg había regresado tarde.

Sin duda, se habían pasado el tiempo complaciendo a cualquiera que escuchara.

"¿Entonces ya conoces la historia?" preguntó ella, un poco decepcionada.

"Sólo la historia de forma vaga; debes completarla para mí. Pero, antes de eso, tengo otros asuntos para ti. Me he encontrado con un documento que creo que podrías encontrar bastante interesante".

"No tenemos previsto de salir de nuevo todavía", le advirtió Valeria, "pero esa no es una razón para no echar un vistazo, estoy de acuerdo con eso".

Si el documento fuera útil, sería mejor comprarlo ahora que correr el riesgo de que se lo venda a otros aventureros antes de que puedan obtenerlo.

Siguió a Onna hasta el escritorio y miró con curiosidad los trozos de pergamino que tenía delante.

"Esta es la única copia que existe", le dijo Onna, sosteniendo un fajo de pergaminos más viejos. "En realidad se trata de esta ciudad, aquí mismo. Un documento antiguo, que llegó a mis manos de forma fortuita. Parece ser un relato de algunos aventureros de tiempos pasados. Encontraron algo debajo de la ciudad, en los antiguos manantiales, creo. Mira, hay algunos mapas aquí, bastante rudamente dibujados, lo sé, pero parecen estar refiriéndose a algo peligroso ".

"Nada que sea lo suficientemente peligroso como para destruir la ciudad durante un siglo o así, ¿verdad?" Contestó la elfa, sonriendo.

Onna sonrió en respuesta, un destello de dientes blancos.

"No, supongo que no. Pero, no obstante, es interesante, ¿no crees? Y aquí mismo, así que no habrá necesidad de 'ir' a ninguna parte para investigarlo. Creo que puede resultarte gratificante leerlo".

Valeria asintió, "Estoy interesada. Podemos discutir los precios más adelante".

Por supuesto ... pero hay una última cosa. Algo en lo que necesito tu ayuda, en realidad. Me encontré con otro documento recientemente. No hay razón para suponer que sea de especial interés para los aventureros ... pero, bueno, está en un dialecto arcaico de los elfos, que tengo dificultades para traducir. Para ser honesta, no estoy llegando demasiado lejos; hay demasiadas palabras desconocidas para mí. Si lo puedes ver, y darme una idea de si lo que hay vale la pena para que lo analices más a fondo ... podría ser capaz de ofrecerte un descuento en esto otro", ella acarició ligeramente la gavilla con los mapas.

"Claro, ¿por qué no? Déjame echar un vistazo y veré lo que puedo decirte".

Onna le entregó unas cuantas hojas de pergamino, que no parecían tan viejas como las otras.

Sí, el dialecto era muy arcaico, y debe de haber sido copiado varias veces, pero la escritura era claramente élfica.

Los revisó por un corto espacio de tiempo, y luego sofocó una carcajada, poniendo su mano sobre su boca para ocultar su diversión.

"Lo siento", dijo, "no es exactamente lo que piensas. No es realmente arcaico ... sino todo lo contrario, en todo caso. Pero no, puedo ver que muchas de estas palabras no son las que normalmente encontrarías en tu trabajo. Y el estilo es ... no es realmente uno con el que esté familiarizada, tampoco ".

Onna frunció el ceño, pareciendo confundida.

Las comisuras de su boca se contrajeron, sin embargo, en simpatía con la diversión de la elfa, pero sin saber de qué se trataba la broma.

"Entonces, ¿qué es? ¿No es valioso? ¡Dime que no es solo una lista de compras, o algo así!"

"No, no es eso", Valeria estaba teniendo dificultades para evitar sonreír.

Realmente no era culpa de su amiga que se hubiera encontrado con esto.

"Y supongo que podría valer algo para el comprador correcto. Es solo que ... bueno, tal vez debería leerte un poco para que sepas de lo que estoy hablándote".

* * *

El olor fragante de las rosas flotaba en el aire, la luz que manchaba las hojas verdes como el toque de la luz del sol sobre el agua reluciente.

La doncella elfa esperó la bendición del arrebato que anunciaría un nuevo amanecer, su corazón cantando una melodía antigua, pero nueva, una promesa de un fértil despertar.

El aliento de su amante, tan suave como la lluvia de verano en su rostro, su beso, la promesa de un futuro sin revelar.

El toque de una mariposa sería igual de dulce, como cuando la doncella elfa acercara a su lengua los grandes y ligeros globos de los pechos de su amante deseada ...

* * *

"Lo siento, ¡simplemente no puedo seguir!" Dijo Valeria ahora riéndose a carcajadas.

"Pero creo que entiendes la situación. Esto ... esto es básicamente pornografía élfica. Y el estilo es probablemente más exagerado incluso de lo que parece traducido al Lenguaje Común. Alusiones poéticas y así sucesivamente ... la gente lee esto, pero no es parte de su lectura habitual, no lo creo. Tampoco quiere dármelas de muy experta en estas lecturas ".

Onna, al parecer, tuvo una reacción bastante diferente.

Parecía más nerviosa que cualquier otra cosa, con los ojos muy abiertos, aunque su boca todavía se contraía en una media sonrisa, como si al menos pudiera ver el lado divertido.

Abrió la boca, como si estuviera a punto de decir algo, pero ella pareció pensarlo mejor.

"¿Sí?" dijo Valeria, con más amabilidad, aunque siguiendo con la sonrisa en los labios.

"Pero ... uh ... quiero decir, la doncella elfa en el ... uh, ¿no dijiste 'de su amante' ..." Dejó la frase incompleta, ahora empezando a sonrojarse un poco.

La elfa se dio cuenta inmediatamente de la fuente de confusión de su amiga.

Los humanos solían ser un poco lentos en estas cosas.

"Sí", dijo, pareciendo un poco más seria ahora, "la amante de la 'doncella elfa' es otra mujer. Sin leer más, es difícil estar segura, pero no parece haber ningún hombre involucrado en esta historia en particular. "

"¿Es eso ... es eso común?"

Los ojos de Onna todavía estaban muy abiertos, y ahora estaba agarrando el lado del escritorio con una mano, una oleada de emociones cruzando su rostro.

Estaba claramente avergonzada de preguntar más, pero curiosa al mismo tiempo, queriendo saber la respuesta.

"¿Entre los elfos? Sí, lo es."

Una respuesta directa parecía la mejor manera de tratar el tema.

Al menos la mujer humana no se había asustado, o reaccionado negativamente.

Ella merecía una explicación clara para eso, al menos ... pero Valeria aún no tenía claro hacia dónde iban dirigidas las preguntas.

"Mira, básicamente, los elfos somos personas libres. El sexo es otra experiencia, algo que disfrutamos, como parte de nuestro amor por la naturaleza; no lo vinculamos con normas y regulaciones estrictas. Y esa libertad se extiende al género de nuestro compañero o compañera, tanto como a cualquier otra cosa. Y no son solo mujeres; los hombres elfos a menudo tienen relaciones íntimas entre sí de una manera que la mayoría de los hombres no la tienen. Para nosotros, todo esto es realmente parte de la vida ".

"Entonces ..." ella parecía no estar segura de cómo sacar las siguientes palabras.

Sus ojos azules estaban fijos en los de Valeria, y ella tragó un poco su nerviosismo.

De repente, fue bastante claro para la elfa a dónde iba todo esto.

Y no se opondría en este momento, si solo Onna pudiera realizar la pregunta.

"Entonces ..." continuó la vendedora de mapas, "¿de verdad ...?"

"¿Haría el amor a otra mujer?"

Ella sabía que estaba segura de que era lo que quería preguntar ahora, y solo quería ver la reacción de la humana.

"Sí, lo haría. No hay nada de malo en un hombre ... como dije, somos libres con nuestros afectos. Pero, a pesar de eso, no hay nada como la sensación de una mujer; siempre saben dónde tocar. Y eso me parece verdaderamente divino ".

Dio un paso adelante, para que estuvieran solo a unos centímetros de distancia, pero Onna no hizo ningún movimiento, y sus ojos aún no habían dejado de mirar a los de Valeria.

Se lamió los labios para humedecerlos.

Valeria observó cómo la lengua rosada de su amiga se deslizaba sobre sus labios.

El pecho de Onna subía y bajaba ahora, claramente visible a través del vestido escotado.

La elfa ahora se preguntó si el vestido, atractivo como era, había sido pensado para que lo viera ella.

Onna habría sabido que ella iba a venir ... pero claramente no había anticipado esto; su confusión al escuchar el pasaje leído había sido muy clara.

Quizás lo había querido en alguna parte profunda de su mente, pero no lo había comprendido realmente hasta ahora.

Ahora que la oportunidad se presentaba con la mayor claridad posible estaba confundida.

Onna tomó otro aliento, y luego, con una voz que casi le temblaba, y que era apenas audible incluso a esta distancia tan corta, preguntó: "¿Podrías enseñarme?"

En lugar de responder, Valeria se inclinó hacia delante, acariciando la mejilla de la vendedora de mapas y luego la besó en los labios.

Era un simple contacto, pero por un momento, Onna se retiró hacia atrás, insegura de sí misma.

Pero solo por un momento, ya fue Onna quien dio el siguiente paso, besando a la hechicera elfa en respuesta, y esta vez con más confianza que antes.

Sus labios se separaron, y sus lenguas se entrelazaron cuando Valeria presionó su cuerpo contra el de su amiga, sintiendo la forma de sus pechos a través de su ropa.

Se echó hacia atrás, observando detenidamente la cara de Onna, mirando sus ojos azules, sintiendo el deseo interior no formulado por sus palabras que tenía tantas dificultades para articular.

Su cabello arenoso estaba recogido, dejando su largo cuello desnudo, atractivo.

Valeria pasó la punta de su dedo por la barbilla de Onna, levantándola un poco, luego le besó la garganta y el costado de su cuello, con la otra mano alrededor de la cintura de la mujer, sintiendo el suave calor de la tela.

"¿Quizás deberíamos movernos al sofá?" ella sugirió.

Había un dormitorio aquí, en alguna parte, pero la elfa estaba demasiado ansiosa como para perder el tiempo yéndose hacia él, y ella sospechaba que la mujer humana lo estaba aún más.

Mejor aquí, en esta sala que no es familiar para ambas.

La otra mujer asintió con la cabeza, tal vez pensando los mismos pensamientos, o tal vez demasiado emocionada en este momento como para pensar en otra cosa.

Onna se sentó en el sofá, casi tirándose, con las piernas flojas.

Valeria sonrió, extendiendo la mano para tocar otra vez el rostro de la mujer.

"No te preocupes", dijo tranquilizadora, "esto será divertido".

Ella se sentó a medias en el sofá a su lado, de modo que aún estaban una frente a la otra.

Onna se inclinaba a la espalda del sofá, como apoyo, con los brazos extendidos, la boca entreabierta, el ascenso y la caída de su pecho más evidentes que nunca.

Un broche plateado mantenía la tela de su vestido sobre del descote en forma de diamante a través del cual Valeria podía vislumbrar parte del escote de la mujer.

Deslizó el dedo por la clavícula de su compañera, pasó por el collar con joyas, luego desabrochó hábilmente el cierre, tirando de las dos piezas de tela hacia abajo y hacia un lado, exponiendo los pechos de Onna.

La mujer humana no hizo ningún movimiento, como si estuviera congelada en el lugar en la que estaba, a lo que Valeria le sonrió otra vez y alcanzó los tirantes de los hombros.

Por fin, Onna movió los brazos, como si estuviera en trance, incorporándose un poco de la parte posterior del sofá, para que Valeria pudiera bajarle el vestido desde los hombros y hasta la cintura.

"Te ves hermosa", dijo honestamente, pero la mujer no respondió.

Besó de nuevo, brevemente, los labios y la lengua de Onna diciendo más con el entusiasmo con que recibió los besos que con lo que podía expresar con palabras.

Sus pechos desnudos ahora se frotaban contra la tela del propio vestido de Valeria, pero la elfa decidió mantener su propia ropa un poco más de tiempo.

Terminando el beso, volvió a mirar el pecho de Onna.

Los senos de la mujer eran amplios, más grandes que los suyos, pero no excesivamente dotados.

Ella movió sus manos sobre ellos, sintiendo la suavidad de la piel y provocando que los rosados pezones de pusieran duros.

La vendedora de mapas dejó escapar un grito ahogado ante eso, un chillido de placer que se elevaba involuntariamente.

Valeria sonrió de nuevo.

Ella estaba saboreando esto, tomándose su tiempo.

Se agachó para besar un pecho, rodó el pezón debajo de la lengua e hizo que su amiga volviera a jadear, esta vez más fuerte.

Su pasión estaba aumentando ahora, innegable, pero aun así no hizo ningún movimiento hacia la mujer elfa.

Valeria besó el otro pecho, moviendo su mano para dejarlo libre, y luego se levantó.

Onna pareció agraviada por un segundo, claramente deseando que el placer continuara, hasta que se dio cuenta de que Valeria estaba tratando de desabrocharse el vestido.

A diferencia de la mujer humana, ella no se había vestido especialmente para hoy, aunque, en retrospectiva, hubiera deseado haberlo hecho.

Llevaba un vestido largo y verde, corte en la clavícula, pero no más abajo, con mangas largas y un corpiño amarillo pálido que mostraba su delgada cintura.

Su cabello era retenido sobre sus orejas puntiagudas por bandas verdes en la parte superior, pero caía suelto por su espalda, alcanzando casi la parte superior de sus nalgas.

Ahora, se desabrochó el cierre que sujetaba el vestido en la parte posterior de su cuello, y liberó los brazos de las mangas estrechas, deslizando el vestido sobre sus caderas.

Mientras que su amiga evidentemente había elegido no llevar nada debajo de la parte superior de su vestido, Valeria todavía tenía una combinación debajo de ella, suave seda blanca que marcaba sus hermosas curvas.

Podía sentir la anticipación en los ojos de Onna mientras observaba como se desnudaba, su mirada viajando desde las pantorrillas delgadas y los suaves zapatos verdes, a lo largo del cuerpo cubierto de seda hasta la curva de sus pequeños pechos.

Para prolongar el momento un poco más, Valeria se quitó el vestido y luego se quitó los zapatos uno por uno.

Luego se arrodilló sobre la alfombra, sintiendo el material grueso en sus rodillas desnudas.

Soltó un hombro de la combinación, y luego el otro, empujando la seda lentamente por su cuerpo, para juntarse en su cintura.

Onna no hizo ningún movimiento para tocarla, así que levantó un poco la mano hacia ella y la besó de nuevo.

Sus pechos se tocaron, ahora sí sin ninguna tela de por medio, la pareja de senos más pequeña de la elfa presionando contra los más grandes humanos.

La vendedora de mapas se quedó sin aliento, apartándose del beso, con su emoción muy evidente.

Valeria decidió que ella ya había esperado lo suficiente.

Se apoyó sobre sus talones otra vez, y movió sus manos por el suave vientre de Onna, provocando su ombligo en el camino, luego desabrochó el cinturón, dejándolo a un lado antes de tirar el vestido azul sobre las piernas de la mujer, para acumularse sobre sus pies.

Onna le dio una patada, ansiosa por continuar, y ahora vestida solo con sus botas y un par de bragas blancas.

Ahora Valeria le bajó las braguitas a su amiga, dejándolas a sus pies, pero ninguna de las mujeres se movió para quitarse las botas.

Valeria separó suavemente las piernas de la humana y acarició el interior de su muslo expuesto.

Onna se estremeció, repentinamente vulnerable, toda expuesta.

"¿Quieres esto?" Preguntó la elfa, ya sabiendo la respuesta, pero con ganas de escuchar las palabras.

Pero Onna se quedó callada, y simplemente asintió con la cabeza en silencio.

Ella pasó sus dedos por el vientre de la mujer otra vez, esta vez extendiéndose más, acariciando el pelo rizado sobre su coño.

Luego se arrodilló y lo besó.

El cuerpo de la vendedora de mapas se arqueó, y ella soltó un gemido de placer, el sonido más fuerte que había emitido hasta ahora.

Alentada, Valeria pasó su lengua por toda la longitud de los labios vaginales de la mujer y luego hundió su lengua profundamente en su coño.

El gemido esta vez fue más fuerte aún, sus muslos se convulsionaron, y Onna se agachó, pasando sus dedos por el cabello de la mujer elfa, sosteniéndola contra su entrepierna.

Valeria continuó, deslizando su lengua dentro y fuera, saboreando cada gota de la emoción de la humana, provocando su clítoris.

Sus manos acariciaron los muslos y las nalgas de la mujer, levantándola para obtener una mejor posición de placer.

Onna estaba gimiendo, apretando su propio pecho izquierdo con una mano, y agarrando la cabeza de la maga elfa con la otra.

Ella habló por primera vez, gritando el nombre de Valeria, sus caderas temblando.

Mientras la elfa continuaba sondeando, lamiendo y sacudiendo su clítoris con la punta de su lengua, pudo decir que la vendedora de mapas estaba cerca del clímax.

Todo rastro de su antiguo silencio se había ido ahora, sus gemidos de placer resonaban en toda la habitación.

Ella no podía aguantar mucho más.

Y Valeria no quería también que lo hiciera.

Con un largo y prolongado gemido estremecedor, Onna llegó a su clímax, su cuerpo se arqueó contra el sofá, sus pies con botas tamborileando en el suelo, sus senos agitados.

La elfa se recostó, mirando a la mujer mientras ella jadeaba, gotas de sudor ahora adornaban su cuerpo desnudo.

"Eso fue ... eso fue ..." jadeó Onna, mientras luchaba por recuperar su respiración normal.

"Eso", dijo Valeria, "no ha terminado aún. Creo que aún quieres más ... y te lo voy a dar".

Se puso de pie, dejando que la combinación se deslizara sobre sus piernas hasta el suelo.

La mujer humana parecía casi como si sintiera culpable mientras lo hacía, pero luego se lamió los labios mientras observaba la desnudez de la elfa parada frente a ella.

"No sé si puedo ...", dijo ella, implorando. "Todavía no ... eres hermosa, Valeria, y quiero hacerlo ... pero necesito recuperar el aliento".

"Oh, creo que ya estás lista", respondió ella, inclinándose para besar esos labios una vez más.

Onna cerró los ojos, el beso se prolongó y el movimiento de su cuerpo cuando sus pechos se tocaron una vez más convenció a la elfa de que tenía razón.

Lo que era bueno, porque su propio coño ahora dolía, su propio placer se había demorado demasiado.

Tomó la mano de Onna y la tiró a la alfombra, de modo que las dos estaban acostadas cara a cara.

Se besaron de nuevo, sus cuerpos entrelazados, sus piernas deslizándose una contra la otra.

Se abrazaron, Onna pasó los dedos de una mano por el largo y sedoso cabello de la elfa, luego acarició su espalda, mientras Valeria acariciaba sus nalgas.

El beso continuó, el cuerpo de la vendedora de mapas se frotaba contra el de Valeria y sus pezones se endurecían una vez más.

La elfa la soltó, deslizando su mano hacia arriba para ahuecar un pecho, luego frotó un dedo sobre el pezón rosado.

"¿Ves?" ella dijo, "estás más que lista otra vez. Pero esta vez ..."

"Oh, sí", dijo Onna, "quiero que esto sea para las dos. A menudo he pensado ... en algo como esto. Lo que sería estar con otra mujer, pero nunca ... No pensé que tendría la oportunidad. Ahora sí, no quiero perder este momento ".

"Hazme lo que desees, sin miedo", respondió la elfa, besándola una vez más.

Las manos de Onna se movieron, deslizándose alrededor de su vientre, y subiendo hacia los pequeños pechos de la elfa.

Valeria suspiró contenta, rodando sobre su espalda.

La vendedora de mapas se inclinó sobre ella, besando su clavícula, ahuecando un pecho, sintiéndolo contra sus manos, pero no más.

Para animarla, la aventurera élfica pasó su propia mano por el vientre de la mujer, explorando entre sus piernas una vez más, encontrando sus labios húmedos e hinchados, aun invitando al placer.

Onna se quedó sin aliento, y luego se inclinó para besar a cada uno de los pezones de Valeria, con la lengua húmeda y ansiosa.

"Sí ..." murmuró ella, "oh, sí ..."

La elfa respondió moviendo sus dedos hacia adentro, penetrando en la humedad del coño de la mujer.

Su compañera gimió, retorciéndose en la alfombra, mientras Valeria enganchaba una pierna en la de ella.

Por fin, Onna pareció darse cuenta de lo que su amante necesitaba, tocando con cautela entre las piernas de la elfa y pasando un dedo entre los muslos.

¡Cuánto le costó ese toque, esa acción provocadora!

Valeria movió sus propios dedos hacia adentro y hacia afuera, deslizándose en la humedad del coño de Onna, mostrando a la mujer lo que ella misma quería.

La humana hurgó, su pulgar deslizándose por el coño de la mujer elfa, en la dulzura de su sexo.

La elfa gimió suavemente, animándola, moviendo sus propios dedos más rápido.

Esto fue demasiado para Onna.

Ella rodó sobre su propia espalda, moviendo las piernas, sacudiéndose, desenredándose.

Valeria se apoyó en un codo, sus dedos aún bombeaban hacia adentro y hacia afuera, cuando Onna alcanzó uno de sus pechos.

La mujer la estaba implorando ahora, jadeando y gritando de placer.

Valeria se retorció, poniendo su rostro en el coño de Onna una vez más.

Lo lamió con entusiasmo, su dedo índice aún se deslizaba dentro y fuera de la humedad de la mujer, encontrando su clítoris con su lengua.

Onna gritó, olvidando sus propias caricias, con una mano agarrando la nalga de Valeria, presionando su nariz contra el vientre de su amiga.

La elfa se sentó a horcajadas sobre ella, con un muslo a cada lado de su cara, todavía lamiendo y chupando mientras su dedo continuaba sondeando.

Con un grito final sin palabras, Onna llegó por segunda vez, su cuerpo convulsionando, agarrando la espalda de Valeria, su cara ahora presionada contra uno de los muslos internos de la elfa.

Sus piernas se sacudieron, y gimió, mientras el largo cabello de la aventurera se deslizaba sobre su costado.

"Diosa, lo siento", dijo la humana. "Eres tan buena". Ella tragó saliva antes de continuar, "Pero lo quiero todo. Ahora sé lo que se siente. Y quiero hacer que otra mujer se corra como yo. Solo necesito ... solo necesito saber cómo hacerlo bien".

"Creo que sabes qué tienes que hacer", dijo Valeria, "como si te lo hicieras a ti misma".

Estaba impaciente ahora, pero tratando de no mostrarlo.

"Te necesito, realmente te necesito ahora. No puedo esperar más".

Onna se estiró, girando su cara hacia el propio coño de la elfa.

Valeria sintió que su dedo se deslizaba en su coño, jadeó de nuevo cuando el placer comenzó a crecer.

Ella necesitaba la liberación, la necesitaba mucho ahora.

Ella movió sus caderas hacia atrás y hacia adelante, frotando el dedo contra el interior de su coño.

La vendedora de mapas respiraba pesadamente, todavía insegura de sí misma.

"Sí, así está bien", gimió la elfa, "no te detengas".

Onna estaba moviendo su dedo con impaciencia ahora, y Valeria se estremeció de anticipación.

La mano de la mujer humana ahora estaba resbaladiza con su sexo, mientras la elfa besaba el interior de su muslo, pasaba la punta de su lengua por un labio de su vagina.

Al toque de su lengua, la vendedora de mapas soltó un grito estrangulado, sacó su dedo y agarró las nalgas de Valeria con ambas manos, obligándola a bajar la vagina a su boca.

Su lengua se deslizó en el coño de la elfa, deslizándose inexperta, hasta que encontró el clítoris.

"Sí, ¡ahí mismo!" Valeria gritó, aplastando sus caderas contra el rostro de la mujer.

Onna se envalentonó, su habilidad y confianza obviamente crecieron.

Eso fue todo lo que necesitaba, valor.

La elfa ya no podía hablar.

Ella se quedó sin aliento, gritó el nombre de su amante, mientras el placer delicioso aumentaba.

Ella se vino de repente, sus muslos casi agarraron la cabeza de Onna.

Fue una explosión, su pasión reprimida se soltó en un momento repentino, sus gemidos hicieron eco a los de su compañera.

Olas de placer se estrellaron contra su cuerpo, dejándola cegadoramente en blanco.

Onna ahora ya sabía exactamente lo que se sentía al tener el orgasmo de una mujer en su cara ...

LA HISTORIA CONTINUARÁ EN:
CONAN EL BÁRBARO
SEGUNDA PARTE

Don't miss out!

Visit the website below and you can sign up to receive emails whenever Erika Sanders publishes a new book. There's no charge and no obligation.

https://books2read.com/r/B-A-IGGS-HJPJC

Connecting independent readers to independent writers.